JN101443

国鉄技術者の路線図

人生は二度も三度も生きられる

片瀬貴文

22世紀アート

○　70才に考えたこと　－　20世紀から21世紀へ

僕の70年は長かった。子供の時代戦争があってたくさんの人が死んだ。

１９４０年から45年にかけ、僕の周辺でも兄や父をはじめ次々に病死した。

学校では「お国のために命を捨てることこそ男子の本懐」と育てられ、うすうすではあるが、25才まで生きることは至難だろうと感じていた。

終戦の時も、死なずに済んだホッとした気持ちと、生き残った後ろめたさが交錯した。

70年という年月が長いか短いか。人々の主観によって様々だと思うが、僕の場合は非常に長く感じている。それは子供の頃思っていたより、はるかに多くの経験ができたからだろう。

戦争前後のそのような体験のためか、僕は常に死を意識するようになっている。人生の帰結として死は当然であり、だからこそ人生をそして毎日の生を大切にしたいという考え方である。

25才の時、長子懐妊の知らせを会津の山奥の現場で聞いたとき、「人生五十年」（とその頃言われていた）もう半分やってきたのだから、死が間近になって後悔しないよう、これからの余生をどう過ごすべきかを考えた。

生きているうちに何をやりたいのかを考え、それを実行するためにフローチャートを作ったのだ。その人生計画は、55才まで生きることを前提としていた。50才まで働いて、五年はゆっくりしたいと考えた。

死を意識すると、残りの命は何年だけだと思うから、毎日を懸命に生きるようになる。

45才ほどになると予定余命十年になり、もう少し先を見て生きた方がよいのではと気付く。そこで目標が60才、65才、70才と次第に伸び、その都度人生にプレミアムが付いたように感じる。三回も四回も生きた感覚である。

今度は目標が80才になる。

20世紀社会は大きく展開した。共産革命、世界不況、二回の大戦、原爆経験、植民地崩壊、地球時代の到来、情報革命。これらを１００年前予測することは不可能だったろう。

21世紀はまた大きく展開する。90才まで生き伸びて、まさかと思った新世紀経験ができたことを、幸せと思うと同時に、新たな扉を未来に向かって開く一員としての責任も感じる。

いずれにせよこの90年を振り返って反省し、これからの生き方について方向付けの材料としたい。

目次

第一章　終戦まで　‐１９３０～４５

○　箕面村に生まれる　‐１９３０～４５

僕は１９３０年、大阪府豊能郡箕面村半町、阪急箕面線桜井駅近く、阪急が開発した新興田園都市に生まれる。

箕面には大阪人の憩いの場である箕面の滝や、桜ヶ丘の国際住宅博跡などが点在し、複線の郊外電車が縦貫している。その頃の箕面文化には、香水の香りと下肥の香りが入り交じっていて、僕の人格形成に少なからざる影響を及ぼしたと考えられる。

電車は一両運転だったがそれぞれに個性があり、週末には三両連結の滝見急行が大阪から直行し、なにわ文化の香りを大阪から運んでくる。

当時の大阪は日本における金融と工業の中心であり、子供なりに誇りと責任のようなものを感じていた。

時あたかも世界恐慌の真っ最中。社会には退廃と緊張が交錯していた。

父は富山県西礪波郡北蟹谷村八講田（現小矢部市）の生まれ。幼くして父親を失い、京都で丁稚奉公をやってから、18才で礪波中学校第一期生として旧制中学に進学。富山師範を出て中国山東省に戦時勤務。若くして恩給を得る身分となる。

当時父の人生目標は、失った祖先伝来の土地を回復することであった。

僕の先祖は倶利伽藍合戦で負傷脱落した源氏系と伝えられ、過去帳によれば僕が19代目の当主である。山や田畑からの収入で豊かに暮らし、代々村の名主を勤めていた。しかし祖父は数学の名手であると共に、社会事業に関心を持っていた。道路建設や鉄道誘致に私費を投じながら、男盛りで借財を残し急死する。

中国から帰った父は、一応の目的を果たしながらも最愛の妻を失い、人生の再出発を目指した。僕の母と再婚後、浪速高等学校創設への参画を請われ、大阪にやってくる。

そこで私が生まれた。

末っ子の僕は大切に育てられ、幼稚園を経験せずに小学校に入る。

学校でも先生に可愛がられ、クラスメートからの信頼を受け、その間兄の死、祖母の死、将来予定されていた養子先の父母の死と暗い側面がたくさんありながらも、幸福だった。

とくに二年生から四年生の転校前まで受け持ちだった井上先生は、天王寺師範を出たばかりの新進気鋭であり、大きな感化を受けた。僕が小学校の先生を志望したのは、そのお陰だと思う。

先生も僕が印象深かったらしく、長男に貴文と命名された。

○　材木町小学校　-１９４０〜４２

１９４０年、９才。肺結核を患った父は浪高を退職し、故郷に近い金沢に引っ越す。小学４年生であった僕も、金沢の異文化に接することになる。

加賀百万石の伝統を色濃く残すこの街は、習慣から気質に至るまで箕面とは対照的であり、駅前をゴトンゴトン走る電車は、お伽の国のようだ。

友人の小倉の黒の学生服には、白く乾いた水洟が所かまわず付いている。僕は紺色の毛サージ。ズボンも皆が長く、短いのは僕だけだ。とくに僕の入った材木町小学校は男だけという特別の実験校だったので、服装の汚れはひどかったのだろう。

僕も今までのびのび育っているから言いたいことをどんどん言う。お互いに通じない方言がたくさんある。

形も心もひどく変わったのがやってきて、皆が戸惑ったことは想像に難くない。いじめとまでは行かないが、かなりハイレベルの不協和音が周辺に充満した。僕の異文化慣れがあるとすれば、この時の経験のお陰だろう。

１９４０年といえば皇紀２６００年。日支事変の行き詰まりを感じながらも日本の士気は高く、八紘一宇の理想のもと、輝いていた時代である。

しかし大政翼賛会のもと、言論の自由はなくなり、「欲しがりません勝つまでは」「贅沢は敵」と物の不足が忍び寄ってきた。米は配給制、衣料品は点数制になり、資源統制で靴や玩具が店頭から消える。それから約十年間の飢餓窮乏時代の始まりであった。

１９４１年12月のどんより曇った寒い朝まだき、真珠湾攻撃の大成果と共に、「わが国は今朝米国と戦闘状態に入れり」との大本営発表が早暁の夢を驚かせ、僕は生まれて初めての烈しい緊張を味わった。

○　中学入学─終戦　‐　１９４３〜４５

１９４３年春、金沢一中に入学するが、県下から集まった俊秀に囲まれ、一年間ペースを掴めなくて、少なからず自信を失った。

得たものは柔道の受け身を覚えたことだろうか。そのために「肉屋の肉塊片瀬（浦田先生談）」は、初めて生き返った。それでも小学生以来の運動神経に対する極端な慢性的自信喪失は続いたが・・。

これではいけないと、二年生になって全力投球の必要性に気付き、自分を取り戻した。２年３班の班長を命じられた僕は、全校一の斑づくりを目指し、達成に自分を賭けた。この一年は僕の70年を飾る華の一つである。

勉強の要領もわかり始めた。授業に全神経を集中し、予習復習は原則やらない。試験前夜は早く寝て、当日早くに教室に行き皆の質問に答えれば、短時間に要点を思い出す。

その時思いついた要点は、手帳にまとめておく。受験勉強のためだ。

１９４５年。空にはひっきりなしにB─29が飛んで行く中、僕たち同級生２００人は美川の寺に泊まり込み、三交代で昼夜兼行で最新鋭四式戦闘機（キ86）エンジンの製造に励む。

僕は本堂に寝る60人の班長として四六時中騒々しさの渦中にあり、不眠に悩んだ。前庭の急造トイレも絶対数が不足し、一同便秘に苦しむ。

空腹を抱え、不慣れな作業で造られた製品の質はどうだったろうか。だが一人の怪我も出さずに終戦を迎えたことは、奇跡に近かったのではなかろうか。

２００人中軍隊の学校を希望しない者二人。その内の一人が僕である。「今からでは遅すぎる」と父が反対したためだ。

６月に父を失った。８月15日、終戦の日は暑かった。

○ 終戦 - １９４５

終戦（敗戦）の結果、生まれて初めて戦争のない社会がやってきて、これまで経験したことのない虚脱感と開放感が錯綜する。

進駐軍に対する恐怖もあった。しかし概して、平和に対する明るいイメージが、気持ちの上で先行した。

学校は軍隊が使って荒れていたが、久しく勉強から離れていたため授業が猛烈に楽しく、この楽しさも生まれて初めての経験だった。

間もなく急激なインフレ、農地改革と続いて生活の見通しがなくなった。現金収入がなくなり、40万円で山林を売り急場を凌ぐ。

この金はそのままにしておけばインフレで一～二年の生活費に消えるところだったが、一部で株と自宅を買ったため、その値上がりで七年間もの生活を支えてくれることになった。

この先生きる道が見えない。リウマチで体が不自由な母と二人で路頭に迷わないためにどうすればよいのか。中学校だけは何とか卒業したいが、終戦の翌年１９４６年は、商人、百姓、サラリーマンいずれを選ぶか迷いの一年だった。

シラミが蔓延し、発疹チフスが流行する。僕もシラミに我慢しながら、出入り禁止の映画館やゲームセンターを徘徊した。市内各学校の先生達は、教護連盟を作って不心得の生徒を見張っている。その厳しい監視の網にかからなかったのは幸運だった。

金沢一中は全国レベルの進学校であり、四年ともなれば一同高校受験準備に熱を上げたが、僕は受験をして良いものやら悪いものやら態度を決めかねていた。模擬試験の成績も悪い。

しかし先生から「進学しなくてもよいからとにかく受験せよ」と言われて受験を決心したのは、願書受付が始まってからだった。

数学が出来れば理科。医者以外は甲類と言われて、理科甲類。定員１６０人に対して、競争率は６倍強だった。

習っていない東洋史や憲法など殆ど書けなかったが、この年から導入された知能検査はしっかり出来た。中学一年生の頃数学クイズに熱中した効果である。そのためだろう。思いがけなくも、合格成績は４番だった。

第二章　学生時代　－　１９４６～５２

○　四高入学　－　１９４６

高校に進まなくても、中学はもう一年残っている。中学卒業よりも高校中退の方が良いだろうと勝手に考えて、入学を決意する。先輩のお古を貰って制服や帽子を着たら、ようやく高校生となった感じがした。

この制服は魔法の服だった。当時の僕は16才なのに、飲酒、喫煙どころか、遊廓への出入りも天下公認。寮生活は「自治」で、自分の行動は全て自己責任である。

皆の話を聞いていると、この学校は学術優秀、品行方正をもって第一義としていない様子である。それでは第一義は何かと言えば「人生とは何かを、自分なりに深く考えること」と言う。

僕にとって、たいへんな価値基準の変換をしなければならない。「これはえらいことになった」と戸惑った。

友達に勧められて哲学の本を読むがさっぱり分からない。「何をやっても分からないときには何もしないことだ」と開き直って、麻雀に精を出す。麻雀は小学生時代から父に仕込まれていたから、先生格だった。

食べ物が不足して、6月始めから寮が閉鎖され、授業は中止。期末試験は秋に延期され、夏休みは三ヶ月となる。


四高の寮は、一年生に限り全寮制だったが、食糧難の当時、自宅からの通学可能なものは入寮させなかった。寮生活を経験できなかったことについて、今でも残念に思う。

長い夏休み、毎日10荘のペースで麻雀に精進する。高校初めての成績は大注2、小注1、平均66点と最悪だった。

大注は50点以下、年間平均大注の課目が一つでもあれば進級できない。二回留年すれば退学となる。高校三年は六年まで延長が可能となり、毎年10％以上が留年し、僕のクラスにも留年経験者が10人はいて、彼らは一種の憧れ感で見られていた。

半年の停滞の後、僕は目標のないことに危機を感じる。このような問題は僕だけではなく、当時の世相を反映して学校には自殺が流行、８人を数えた。

しからば何を目標とすべきか。自分の頭で初めて考え、「能力の限界を知る」ことを目標に掲げた。限界を知るためには、不得手なものへの挑戦が良い。そこでスポーツを選んだ。高い目標を掲げ、どれだけ達成できるかに自分の能力を賭ける。

スポーツはまた、人生の縮図でもある。自分と闘い、相手と闘い、結果が早い。やり方を変えながら成果を見、反省する機会に恵まれる。すなわち人生のシミュレーションができる。

種目としては自然条件（金沢の冬は雪が多い）に左右されず、自由に練習ができる卓球を選んだ。目標は高く、インターハイ団体全国制覇である。

１９４７年はひもじさのピークだった。とくに暗くなってからの帰宅は…。49kgまで体重が減った。

○　四高卓球部　－　１９４６～４７

四高卓球部は、進駐軍による武道禁止令が出されてから発足した。歴史は浅く、まだ試合に勝ったことは一度もない。しかし武道場だった無声堂（現在犬山明治村に保存）を使い、四六時中練習ができる。明治時代の体育館は木造トラスの天井が低く、バレーやバスケットの練習には使えなかった。

１９４７年のインターハイまで残された期間は十ヶ月足らず。１９４８年インターハイは新制切り替えのため実施されるかどうか分からないので、チャンスは一回限りである。

僕は先ず、試合に勝つことを第一目的に構えた。

勝つための要素は二つ。精神と技術である。その相乗積が力となる。それが相手より上ならば勝つ。圧倒的に強くなくとも、その場その場で相手より僅かに優れれば、それで勝つのだ。そう考えた。課題は、いざというときに自分のベストを発揮するために、精神を如何にコントロールできるか。もう一つ相手の精神状況を、如何に自分のコントロール下に置くことができるか。そのような流れを形成することだ。

一球々々ベストを尽くすだけでは、自分より腕の良い人には勝てない。勝つためには、試合のペースを自分に引きつけることである。
その時、得点はもちろん大切だが、失点も大切なのだ。どのようなタイミングでどのような失点をするかも、相手のペースを作らせないため、勝つためには大切な技術である。これは極めて大切な発見であった。

技術的には、第一球（サービス）と第三球（相手のサービスリターンの処理）を重視した。これは基本ストロークを主体とした当時の練習方式とは明らかに異にした。
サービスでは、コートの下からトスを上げ、相手に回転を予知させない工夫。回転の速度を上げるために常にボールをポケットにいれ、指を鍛える。コート上のマッチ箱にボールを当てるコントロール練習等々。もっと後のことだが、僕のサービスは有名になり、県内各地から指導を受けに来るまでになった。

１９４８年春。練習を始めて半年後だが、初陣の石川大學高専大会準決勝で同年輩の県ナンバーワン能任（金沢工専）を破り、決勝では県チャンピオン、全国医学歯学大会優勝の八木（金沢医大）に１セットを先取した。

全観衆は沸き立ったが、ここで僕は集中を欠き、惜敗する。その後再びこのようなチャンスはやってこなかった。これはその後の人生で「掴みかけたチャンスは逃してはならない」との教訓を残した。

インターハイ直前福井地震があり、救援活動のためコンディションを崩す者がでてきた。北陸線不通のため高山線経由一日がかりで京都に着く。自分の食糧を大きなリュックサックに詰め込み、駅前ではシラミ予防のため体中ＤＤＴを吹きかけられ、かなりヘビーな遠征だった。

試合は、松山、甲南と勝ち上がったが、三回戦で前年全国準優勝の浪高に破れる。僕はシングルスの先鋒を希望し、関西新人チャンピオン鎌田に勝つ。基礎技術では相手が数段上だが、闘志と精神力で圧倒する。

その後、片瀬は大試合に強いとの噂が広まってから、対戦相手がそれを意識するので、非常に楽に勝てるようになった。

○　高校三年生　－　１９４８〜４９

１９４９年、旧制高校はわれわれ三年生だけを残し、新制大学に吸収される。

広い校舎を独占しながらも、残り一回しかない大學入試に、一同不安を隠せない。

旧制高校の定員は帝国大学の定員に合っており、元来は高卒全員が帝大に入学できるはずであった。しかし終戦後は軍隊からの引き揚げ者が大學受験資格を得たため、１９４６年以降高卒でも大学に行けないいわゆる白線浪人が巷に溢れ、社会問題化していた。

大學に入れなかった者の多くは、いったんその頃不足していた新制高校や新制中学の先生になったが、二年後にも三年後にも大學に再挑戦することが普通であった。

高卒の資格が社会に通用する度合いが不明であり、同様に新制大学卒が世の中からどれほど評価されるかも分かっていない。新制大学に入れば一年長くかかるという不利な点もある。

僕は株の値上がりのお陰で、どうやらここまで生き延びてきた。漠然とだが進学の可能性が見えてきて、49年春生まれて初めて東京に二週間旅行した。一年後の受験準備のためだ。

インターハイ中止が本決まりになり、夏に能登半島半周無銭徒歩旅行をする。（残り半周は50年夏にやる）。新たな風土と接するワクワクした胸のときめき、温かい人情と美しい景色との触れ合い。この旅が、僕の旅行好きを決定したように思う。

第二回国体山岳部門に参加し、白山登山も経験する。

秋の北陸学生選手権は、優勝戦で高岡工専に惜敗する。僕は先鋒で数段強い相手のナンバーツーに勝ち2―1とあと一勝で優勝まで追い詰めたが、固くなった同僚の高橋と伊藤が格下の相手に負けて、工専日本一の牙城は破れなかった。

しかしまだ練習を始めて一年しか経過していないことを考えれば、昨年秋まで一度も勝ったことのなかった我々は良くここまで来たものだ。

頼まれて北陸女学院のコーチを引き受ける。県体育大会最下位から脱出すべく、校長直々のお声掛かりでのスポーツ振興である。高等部と中学部とがあり、年齢は18才から12才までと僕の同年輩。校長の面接があって、初めて女ばかりの校舎に入る。

技術的は普通のことしか教えないが、力を入れたのは試合の各段階における心の持ち方、自己のマインドコントロールであった。

その結果翌50年大会で中学部は団体個人とも一位、個人ベストフォーに三人と言う成果を得た。個人優勝の桶谷はその後全日本6位にまで成長する。この成果は僕から考えても奇跡に近く、校長から褒美に日本酒一本を貰った。

年末になって、将来の身の振り方を再考した。

育英資金を受け、毎月千円ほどアルバイトをすれば、大學を卒業できそうだ。僕が自活するとすれば、母だけならばあと二年間は持ち、凌げなくなったら家を売ることもできる。

学科は土木と決めた。白然と接し、子供の時代積木で育んだ構造への夢、切り紙で育んだデザインへの夢を達することができる。おまけに力学や製図が大好きときている。

しかし友人達はこぞって反対した。土方の社会は、お前のイメージに合わないと言うのだ。だが僕は動じなかった。

試験願書を出す二週間前、級友の松崎から一緒に京都に行かないかとの強い勧誘があった。「土木ならば京都は日本一だ。おまけに物価が安い」

彼は陸士卒の航空士官で、僕より５才年上。平泳ぎの県記録保持者であり、それまでは尊敬しながらも近寄りがたい雲の上の存在としてあまり付き合っていなかったので驚いた。

インターハイで知った落ち着いた京都の町の雰囲気も魅力だった。

・いつも勝つことに集中キン張こそ必要＝実証

○　大學生活のスタート

白線浪人が溢れていて、旧制最後の入試は難関。僕は、その時に至っても「大學に行かない方が自分の人生を伸ばすのではなかろうか」との疑念が払拭できない。

そのために真剣さに不足している面もあったのだろうが、大失敗。

試験の朝浣腸したが出ない。うっかり漏らしたのは午前中の数学試験中。自分でも一日悪臭に悩んだから、周りの人には大変迷惑を掛けたことだったろう。この数学は4問中2問でミスをおかした。

それがなくてもコンディションは悪かった。卓球部一年先輩の幸塚さんの下宿に、福田と二人で泊めて貰う。春浅い京都は、銭湯帰りの手拭いが凍って立つ寒さ。暖房のない六畳に三人。幸塚さんと福田が将棋を始めて寝付かれない。3時には隣のパン屋が喧しくなって眠れない。この福田は不合格だった。

9番合格の電報を受けて、進学を決意。第二志望の東京工大建築は受けないことにした。鶴来の義兄から貰った熊の肉で、世話になった学友達を家によび、謝恩兼送別会を開いた。

下鴨松ノ木町に松崎が探してくれた下宿は鴨川の堤防沿い。僕の部屋は二階の八畳で、鴨川の清流を距てて比叡山を仰ぎ景色がよい。毎朝堤防を歩き、下鴨神社の境内を通っての通学は楽しい。

家主は陸大銀時計。元山下奉文の参謀とかで、追放中とて毎日家にブラブラしており、気難しい。月一度焼酎で晩酌の相手をする。奥さんはお茶の水出身の秀才で、典型的な賢夫人。難点は窮屈さ、飯の不味いこと、そして五歳になる坊やの腕白さだった。

学校に遠いこともあり、秋から吉田に越す。


大學は落ち着いた雰囲気で気に入る。製図室の脇にテニスコートがあるのは素晴らしい。それから三年間、僕はこのコートに入り浸ることになる。

だが失望した点もある。先生とは高校時代のように人生について語れないし、同級生は殆どが本来土木を志望していなかった者達ばかりである。要するに話が合わないから面白くない。

生計は自活である。育英資金2、３００円／月を貰い、休暇に実習を兼ねたアルバイトをやれば何とか行けそうだ。部屋代６００円。食費1、８００円。教材費４００円。当時下宿大学生の平均生計費は5、０００円とされていた。ただし母の生計費は別に考えなければならない。

その頃のアルバイトは家庭教師がメインだったが、僕は時間の無駄を避け、休暇中の実習以外やらないことにした。

教室主任村山教授は事情を理解して下さり、推薦順位一番で授業料免除生を申請して頂き、面接を経て無事合格する。

○　大學生活

大学生活の一番の悩みは空腹。一日60円の食費は三食分に足らず、朝飯抜きが辛かった。10時の休みには生協に行き、おいしそうなパンを眺める毎日。

栄養学を学び、カロリーは最低を確保した。西式健康法をかじり、消化機能が萎縮しないよう日曜日は腹一杯にする。朝飯は食パン一斤（30円）、昼飯は抜いて夕食はうどん8玉。そのためか僕はクラス一の大食だった。

遊びは専ら製図室脇でのテニスである。勝ち抜きなので、とにかく勝たなければ堪能できない。五組勝ち抜けば引退というルールなので、その待ち時間に製図室に入って皆の設計製図を手伝う。熱心なだけテニスの腕は上がり、一年後には負けなくなった。

設計製図は二年間に14枚課せられ、授業時間以外にやらなければならないので、大変なヘビーワークだった。一課題一ヶ月としても、14ヶ月もの自分の時間が奪われる。

わが国のコンサルタントのヘビーワークも、技術者の社会音痴傾向も、この辺りに原因があるように思える。

各人に異なった設計条件が与えられ、図面はカラーインキングである。各種の木橋、鋼橋、コンクリート橋と設計には自信がついた。

しかし僕は皆を手伝っている内に分かってきて、三日ほどの徹夜で仕上げることができた。とにかくコート中心の生活だった。

二回生の終わりに結核の集団発生があり、五十人中十人ほど休学するトラブルがあったが、その原因の一つに製図が挙げられ、次のクラスから軽減された。

成岡先生の構造物設計演習は、スピードが速くて面白かった。試験は学期末ごとに三回あり（他の単位は全て一回）、制限時間はなく、何を持ち込んでもよい。３００点満点で１４０点が合格とされた。

○　最後の学生生活

春に立川町の家を80万円で売って泉野に35万円の小さな家を造り、その差額で母の二年分ほどの生活費ができた。これで何とか大學卒業まで生活費は持ちこたえそうだ。

土木の本流は河川との風潮を受けて、建設省の河川技術者になろうと考える。河川工学特論で発表した「比流量について」は、自分でも当時の世界レベルを越える力作と思ったが、上山助手に買われて卒業論文は彼の専門であり、その頃流行の水文学を選び、由良川の洪水予報と取り組んだ。

流域の山間に降雨計をきめ細かく取り付け、降雨と水位の変化を関連づけようとする一般的な手法の開発である。その結果、雨を測定すれば下流の水位が推定できることになる。

平素誰も入らない山村をほっつき回るものだから、当時全盛期だった共産系の青年行動隊と誤認されない努力が必要だった。

予報が雨を知らせると、地下足袋に履き替えて独り国鉄バスに飛び乗り、周山街道を北上する。長靴は高価で買えなかった。田舎宿に泊まりながら、水位の変化と降雨量を30分ごとに量る。この作業は、雨が降って水嵩が増し、雨が止んで水嵩が減るまで続けなければならないので、根気強さが必要だ。

洪水になると、腰まで浸からないと量水票を見ることができない。全身ずぶぬれになっての徹夜作業を繰り返していると意識が朦朧としてきて、河に流されそうになる。

楽しみは白米が腹一杯食べられることだった。しかしいつもお櫃の飯を空にするものだから次第に中身が減るようになり、がっかりする。玄関を泥だらけにしながら、四六時中ガタガタ騒がしい僕は、歓迎されない客なのだ。

月に一度は流域全体にばらまかれている簡易雨水計の見回りが必要だ。尾根や沢やと藪を分けながら、山を歩き回る。

いつ豪雨が来るかも分からないから、公務員試験の準備をも兼ねて（との名目で）最後の夏休みは京都に残り、毎晩の盆踊りを街のあちこちに楽しむ。

秋口から麻雀が流行する。僕は子供の時からの修練が実って断然強く、連戦連勝。最高36荘無敗。東電実習中の仲間が先輩からもぎ取られてＳＯＳを発信するものだから、川中島まで遠征し一晩で挽回する。

遠征の途次月が美しく、石山に途中下車して観月を楽しむ。

正月を過ぎて、上山助手から四人の卒論の手伝いを頼まれる。

第三章　国鉄入社

○　就職

当時の土木は、河川をやって建設省に入るのが一番オーソドックスなコースと認識されていた。僕もあまり深く考えずに、その道を歩もうとした。しかし教室のボスだった石原藤やんは「公務員試験三番以内でなければ建設省に入るな」と、気になることをおっしゃっていた。

僕は気が良いものだから「ハハン。僕の実力は三番以内なのだナ」と勝手に解釈して、あまり気にしていなかった。

しかし試験結果は26番と散々であった。試験は○×で、内容も辞典を見ればよいような知識を問うものであり、哲学や思考能力のテストではない。

この年は旧制の最後と新制の最初の卒業が重なり、就職は厳しかった。土木の上級公務員試験にも約二千人が受験していた。

公務員試験が悪かったので、学校に残れと言う声が表面化する。僕自身元々先生指向が強かったが、小学校か精々中学校の先生だった。生徒が柔軟な内に人生の生き方をインプットしたいと言う意欲があったからだ。

その道を歩まなかった最大の理由は、母親を養わなければならないので、ある程度の給与が欲しかったからである。大学生相手の先生をするならば、小さい子供相手の先生になりたい。相談に乗って頂けそうな合田講師の家に行ったら「御殿女中の仕事は君に向かない」と一言で反対された。

公務員以外となると、国鉄か東電だった。三宅と二人でどちらかを選べと言うことになり、5分ほどで決めた。

僕が国鉄を選んだ理由は二つある。第一にその年から国鉄が始めて一般公募に踏み切ったこと。第二にSLを運転したかったことだ。それまでは国鉄は縁故採用だった。

筆記試験は二日にわたった記述式で、僕は背水の陣。自己採点で96％できた。まあ会心の出来である。知能試験もあり、これも完璧だった。余談だが後日入社後、西村心理研究室長が僕に興味を持ち、会いたいと希望された。

だがその直後に東京での問題漏洩事件が発覚し、ショックを受けた。京大は再試験を申し出ようとしたが、僕は反対した。この時の社会不信はずっと後にまで尾を引き、人生にプラスマイナス両面で作用する。

口頭試問は、社会党支持、マルクスの資本論には興味があると答えて、印象が良くなかったらしい。しかし無事採用となる。いつも社会党支持と言っていた同僚田中が「俺は入社したいから自由党と嘘をつく。お前もそうした方がよい」と言ってくれたが・・。

○　国鉄中央学園

僕が入社した年から、国鉄は中央学園を新設して、社内教育制度を一新する。１９４９年、国営から半官半民組織に変わった国鉄は、新たな企業体質を目指して、人材開発システムの再構築に取り組んでいた。

中央学園は国分寺駅近く、武蔵野の面影を残した松の疎林の中に建設が始まったばかりだった。本社採用学士は、ここで一年間の教習を受ける。長期研修の目的は、系統間の相互理解を深め、派閥意識を払底することと聞かされる。

寮はまだ建設中で、取りあえず八人一間の元兵営に入る。入口の両脇上下二段で畳敷きの蚕棚、二人ずつ寝る。


我々は事務、土木、機械、電気の４グループに大別され、それぞれ十名あまり。全部で48名だった。初任給は地域手当20％込みで１０、５００円。背広２０、０００円や中華丼50円に簡単に手の届くレベルではなかったが、毎月３、０００円程度の仕送りは可能だったし、学生時代に比べれば飛躍的にリッチであった。

僕は相変わらずテニスに熱中し、週末は無料パスを利用して山に登った。土曜の夜行で現地に着き、日曜の夜行で戻る行程である。節約のため山では食パンにコロッケを挟んで食べたので、誰かが「パンコロ会」と命名し、僕は会長だった。次第に盛んとなり、最大20名を越えた。

秋雨の大菩薩峠に挑戦したときにはパンツがびっしょりになり、足にまとわりついて折から流行のインキンのため歩けなくなるトラブルがあり、遭難の第一歩だった。

寮の衛生状態が悪く、インキンと水虫にはほぼ全員罹った。

寮監の武井先生とテニスの話題が合って仲良くなり、武蔵境のお宅に何度となくよばれた。この人も山が好きで、パンコロ会の顧問格だった。

橋本自動車工場見学の折、この工場は日本一レベルの自動車工場と聞いて、レポートに「国鉄は早急に自動車製造を開始すべきだ」と書いた。そうしておれば日本の歴史は変わっただろう。

○　東鉄実習

母との同居のため田舎勤務を希望したにもかかわらず、実習先は東京だった。

寮は三鷹寮。八畳の各隅に四人寝る。勤務がずれているので、同室でもお互いに話す機会はほとんど無い。

近くに三鷹電車区のコートがあり、近所から名手が集まる。僕としては生まれて初めての本格的テニス環境である。浅原と組み、市民大会で第三位となって都民大会三鷹市代表に選ばれ、東鉄大会では優勝して関東大会に出場する。

僕の得意は先ずサービス。スクリューボールのようにS字型にカーブする早いサーブは無敵だった。

スピードとコントロールのあるロブも独壇場だった。当時はネットすれすれの剛直球ラリーが主力の時代で、僕のテニスは独創的だった。卓球で鍛えた勝負強さも武器だった。

最初の現場は新鶴見操車場。鳥羽先輩が貨車に轢かれて片足を無くしたところである。昼番と夜番を繰り返しながら、地下足袋姿で全詰所を廻る。操車場は24時間動いており、とくに夜が忙しい。

僕は半年の実習期間のテーマを、国鉄文化の理解吸収に置いた。現場第一線の香りを、身に染みさせることである。そのために各現場で一生の友を作ろうとした。新鶴見では上り出発A番の石川運転係だった。

石川さんは松田の在金子の出身。小学校を出て一生を新鶴見で貨車と取り組むだけで、国鉄と暮らした。何時も明るさを失わず、目を輝かせながら現場をゴムまりのように跳ね回っている。

小田急に乗って、松田の在にある彼の家を何回も訪ねた。彼は奥さんの百姓を手伝い、6人の父だった。新鶴見から離れてからも、新鶴見上り出発を何度訪ねたことか。後日欧州赴任に当たり、羽田で別れたのが最後で、彼は帰らぬ人となった。

品川機関区では憧れのＳＬに乗務する。スタートは真っ黒になっての投炭練習である。４００点が助手として乗務できる最低線。早暁の山手線を重厚な汽笛を鳴らしながら走るＤ51は、まさに国鉄のシンボルだった。

品川時代に見合いをする。僕は迷わずに一回で決めようと覚悟した。決めたからには、彼女を世界一幸せにして見せるとも決意していた。彼女の父が品川まで来てくれて嬉しかった。

母を呼びたくて宿舎を要求したが、実習生に宿舎の前例がないと断られ、ようやくものになったのは、秋口だった。

戦時中田舎から徴用された女工用に建てた仮設住宅。薄暗い六畳一間の片隅に洗い場が付けられている。それでも駅に近く便利な立地で、入居資格は本局の係長以上。五反田の山手線沿いにあって、朝まだき貨物列車がガラス窓を揺する。

母を呼んで五年振りに一緒に暮らす。寮の人々は温かく、久々に人情に接する。

○　始めての配属

一年半の教習を終わって１９５４年秋、ようやく始めての配属が決まった。卒論の一年を加えれば、二年半ものブランクである。しかし今から思えば、社会人人生30年の準備期間として、これくらいは大したことではないようだ。

今回の配置も、宿舎のありそうな札幌、盛岡、岐阜を希望したが、東京だった。施設系14人の内、東京が希望に入っていない者は僕だけとのことだった。

国鉄の施設系統は建設、改良、保守の三つに別れている。僕にはどの部門を選ぶかと田中総括から聞かれたが、お任せすると答えた。部門の選び方が人生を決める重大事項と知ったのは、後々のことである。

配置先の新橋工事事務所（１９５５年より新橋工事局）はメンバー数約３００人。丹那トンネルを掘った熱海工事事務所を抱いており、建設では日本切っての名門とのことだ。

しかし国鉄全体のリストラと建設不要論との狭間にあってまことに暗く、労働組合が管理者の人事権まで干渉していた。毎日の昼休みには「原爆許すまじ」の曲が流れ、学士重視人事反対がスローガンである。

採用停止が続いているので、周りは老人ばかり。毎日が面白くない。

学士の先輩は組合のために萎縮していて、敢えて僕を避けようとさえする。

昼食休憩での5局対抗ソフトボールリーグが唯一の救いだった。僕は下手ながら一番若いのでキャッチャーをした。


土木課の大部屋の片隅で平岡補佐の設計したRCアーチの断面鉄筋量を求め、設計図のトレースをやり、数量を計算する。まるで大學一回生に逆戻りで、全く面白くない。仕事が無いことの辛さが分かる。

1955年後半のこの頃が、人生で一番つまらなく、不安だった。

1956年厳冬期約一ヶ月間、常磐線広野に測量に出る。始めての本格的測量体験である。

第四章　現場経験—初陣の波

○　富士川架橋工事

富士川に行く前に熱海笹良ヶ台に越し、１９５５年11月結婚する。金沢で披露宴をし、夜行で伊豆二泊の新婚旅行という慌ただしさだった。

笹良ヶ台の宿舎は新幹線丹那トンネルの人夫用で、六軒のハーモニカ長屋は隣との仕切が板一枚。毎晩隣家の行事が丸聞こえと言う大らかさである。

濡れ縁の直ぐ前は宿舎唯一の店なので、僕が休んでいると通行者は欠かさずに挨拶して行く。

晴天には遙か伊豆大島の噴煙を仰ぎ、熱海は眼下。人呼んで高天原。まさに人生の出発にふさわしい新婚住宅だった。ただ一間だけという狭さが難で、母を玄関の三畳に寝かし、新婚の我々は居間兼食堂の六畳に寝た。

１９５６年春、生まれて初めての現場。東海道本線上り線富士川橋梁架け替え工事に出た。橋の長さ５５０メートル。プレートガーダーではダントツ日本一のスケール。

それまでプレートガーダーの限界は支間30～40ｍであったが、一挙に63ｍしかも三徑間連続、長さ１８０ｍ以上高さ４ｍの巨大桁を右岸から左岸まで６００ｍも動かすのである。

家族を熱海に残し、勇躍赴任する。堤防に近く緑に囲まれ蜜柑の花が香る借り上げ寮は僕一人の占有で、入社以来始めて落ち着く。

架設計画のために、東大の平井教授、国鉄設計事務所長の友永博士等々、わが国最高の権威を集めて技術委員会が開かれた。

問題は二つに集約された。移動の最適速度は幾らかと、如何に正確に移動させるかである。

この仕事で、土木が経験学であることを知った。

毎日の作業終了時に桁の位置を本局に報告するのだが、次の朝には中心がずれている。それが左右の桁の温度差によるバイメタル効果と気付いたのは数日後だった。朝日と夕日で桁の中心が変わるのだ。温度分布を考えずに厳密な測定をすることは無意味なのだった。

桁の移動速度について、技術委員会では平均速度の議論しかなかった。その結果4―4の滑車で引くことになったが、3―3の方が瞬間速度が遅くて安全なことが分かった。おまけに平均速度は速い。桁の方向修正については、先端で横方向に虎綱で引けばよいとされていたが、このやり方は危険であるばかりか、綱が効くときには力が貯まりすぎていてガタッと来るものだから、ローラーの配置が乱れ修正に多くの時間を無駄にする。虎綱で引かずに、ローラーの向きを修正すればよい。

こんなことが次々に起こって、日本の権威達が議論したことは何だったのかと考えた。


正月富士川橋梁で世話になっている塗装の親方を招待した。彼は長い人生経験で監督さんによばれたのは始めてと感激していた。

○　田子倉線測量

1956年秋、田子倉線要員として本局に転勤した。

熱海の山の上から新橋までの通勤は、5時半に家を出て帰るのは23時。宿舎には共同温泉浴場があったが、折角の温泉に週一回しか入れない。

田子倉線は、田子倉発電所建設が目的で、電源開発から委託された工事だった。当時仕事がなく志気の落ちていた新工としては、有り難い仕事である。

しかし労働組合は、電発に比べ余りにも現場手当に差があるとて、赴任拒否を打ち出した。現場は豪雪の僻地で、電発はゴルフ場付きの立派な基地を作り、４万５千円の手当を付けている。それに比べ国鉄の手当は１万５千円である。

しかし年度末が近づき、当局は監督を発令しないまま測量隊を派遣する一方、工事を発注してしまった。測量隊には現場監督責任も権限もない。僕も八人よりなる第一班の一員として、一番入口三つの工区の杭打ちに派遣された。奥会津の春は浅く、雪深いなかである。

長子懐妊の吉報を受け取ったのは、現場到着間もなく、会津川口の宿であった。

測量隊は悪天候のなか、少ない人員で苦労する。その上超過勤務拒否という異例の条件なので、肝心の夜業が捗らない。毎晩遅くまで隊長と僕の二人で、三角測量の閉合計算をやる。

ある日隊長はすでに現場に到着しているゼネコンから役杭を教えてくれと頼まれて断りきれず、僕にその役を頼んだ。僕はスト破り行為であることを認識しながら引き受けざるを得なく、ある朝皆が寝静まっているときに現場に出て教える。

その時の誤りが後日カーブトンネルが食い違うミスとなり、僕が責任を負うことになる。

○　本名工事区

測量から帰って第二工区の担当技術係となり、５月赴任する。

奥会津の現場は山の中で医療機関がなく、治安が悪いので家族同伴禁止とあって、僕は新婚半年で別居する。

山の中は食べるものとて限られ、昼飯はウドの煮付けにウドの漬け物そしてウドの味噌汁。たまにご馳走はタラの目の天ぷらと来て、とにかく山菜の宝庫。要するに野菜さえできないと言うことだ。蛋白源は塩鱈だけ。

治安の悪さといえば、静岡の秋葉ダムで全国に鳴らした暴力団が、赤線付きで、隣の工区に引っ越して来る。

僕と同じ工区担当の同僚田中さんは、監督が厳しすぎるとて、闇夜に人夫達に襲われ、瀕死の目に遭う。僕も吹雪の大晦日の深夜独り詰所に残ってコンクリート打ちの監督をしているとき「厳しすぎる」

と血相を変えた人夫達に包囲され、命懸けであった。

しかしトンネルや橋梁があり、技術勉強の材料に事欠かない。中でもトラスのケーブル架設はわが国戦後二度目のものだったが、従来の半分で済む計算法を開発して自信を高める。

現場は死亡事故が耐えない。僕の工区だけで一冬5人が死ぬ。

死に囲まれながら、これから生まれてくる子供のことを思うと、残された人生をどう生きようか考えるようになり、人生計画を作る。55才まで生きることにして、残る30年を5年刻みとする計画である。55才まで生きることができればそれで満足、それ以上生きることができれば儲けものとの考えである。

家内の住む熱海からは電車やバスを10回乗り継ぎ、24時間かかるので、月一回許される帰省もおいそれとできない。

出産にはゆっくり在宅したいと、10月から三ヶ月休暇無しの連続勤務をする。しかし予定より十日遅れ、現場に帰らなければならなくなった日の明け方、長女が生まれる。まだ暗い雪の坂道を熱海まで駆け下り、産婆を叩き起こして家に帰り、産湯をわかそうと竈に火を入れた途端産声が聞こえた。

これで僕も一児の父となった。

現場の冬は厳しく、寝室の蜜柑が凍る。だが桐板の百人首を娘さん達と取り合う夜は楽しかった。

測量隊でのスト破り、そしてミス責任が問題化して、次長は労組の攻勢に耐えきれず、僕は3月盛岡転勤となった。田中総括がわざわざ上野まで送りに来てくれ「3月本社転勤の予定だったのだが、これから転勤話があっても簡単に了承するな」とこれまでと反対のことを言う。が、僕は盛岡が嬉しかった。これで一家揃って暮らせそうだ。人情の純朴さ、職場の明るさ。そして何よりも通勤が楽なのが嬉しかった。

○　盛岡転勤

1957年3月1日午前3時。盛岡駅のプラットフォームは零下10度。待合室のストーブは消えている。人影のない駅前旅館でようやく風呂にありついた。この街で僕の新たな運命を開拓しようと思えば身震いした。

会津の山中から出てきた僕にとり、盛岡は大都会だ。

同宿の会田さんの手ほどきで民謡を習い、皆と飲んで直ぐ仲間ができる。新橋の陰鬱さから解放され、毎日が楽しい。この楽しさは箕面小学校以来十数年振りである。

いったん厨川に割り当てられた宿舎を、佐々木労組委員長と直談判して木伏に代えて貰う。事務所まで徒歩五分、その真ん中にテニスコートという好立地だ。

このテニスコートは三面あって盛岡一。盛工はテニスの名門としての伝統がある。

新築宿舎は二階建てのタウンハウス。下が六畳、上が六畳と四畳半。一緒に住むようになった母方の祖母も入れ、五人家族にとって決して広い家ではないが、僕が社会人として始めて落ち着いて構える家庭生活である。誕生直後の子供の成熟を待ち、5月熱海から越す。

夕方はテニスをやって、家に戻り食後仕事。そのために二階の四畳半は書斎とする。製図のできる大きな机と、部長の座るような中古の回転椅子を買う。

仕事は東北線増の設計。相変わらず係りの中で一番若い。

係長の加賀谷さんは盛岡工業出身で50才がらみ、小さな体から技術に対する自信と精悍な闘志が溢れていて、国鉄建設時代の代表と言ったイメージである。隣の秋田工業出の谷藤係長も人情豊かで声が大きく、日本の建設技術は彼らによって支えられていた。

その彼は「目標を持て。取りあえず補佐を抜くことだ。お前ならばできる」と激励してくれ、この言葉は僕の大きな心の支えとなった。

金原補佐は東大出で僕より五歳年上であり、彼の得意とする麻雀と卓球ではすでに僕が抜いていたが、技術や研究に対する意欲では神様だった。僕はその頃アメリカから入ってきた新分野、コンクリート管理や土質工学で挑戦する。

売り出されたばかりのテープレコーダーを買って、ドイツ語リンガフォンを始め、テキストは倉庫の隅で埃をかぶっていたタイプを持ち出しコピーだ。

こんな充実の時、7月に入って突然トラブルが襲った。「肺結核のため、明日より出勤停止」の命令である。

僕は父と兄の二人を結核で亡くしており、いよいよ自分の番かと思う。

その晩は加賀谷係長の提案で係員全員から送別会をやって貰い、僕は泥酔した係長をおぶって家まで届けた。

○　休職

病気発見時、僕の気持ちは不思議に明るかった。

16才から追い求めていた、自分の限界の一つに達した達成感かも知れない。あるいは新たな人生の展開に対する勇躍心かも知れない。

家族も意外に明るかった。勝山の兄の専門的意見が背景にあったからだろう。それは「今や肺結核は不治ではない。切除手術をすれば復帰できる。肺活量不足など多少のハンディは残るが、致命的ではない」と言うことだった。

9月金沢医大で手術、勝山（福井県）病院、盛岡鉄道病院と6ヶ月間病室を渡り歩いて、1958年春半年振りに自宅に戻る。

療養中はたくさんの本が読め、とくに手術直前に読んだ「静かなドン」の余韻は今に残る。

たくさんの友も得た。とくに盛岡鉄道病院結核療養病棟同室の10人とは、同じ境遇で心が通い合った。

当時米国や欧州から目覚ましい新技術がどしどしやってきていたが、そのかなりに触れることができた。ものにはならなかったが、ラジオでロシア語やスペイン語も学んだ。

復帰後はその習慣が残っていて、会社でとっている外国技術雑誌を貪り読んだ。その抄訳をガリ版で全国発信したが、本社伺で本社の若い技師達を逆にやりこめるものだから、いつもやられている盛岡の同僚達たちは大喜びだった。

当時は本社伺いが厳しくて、下関からやってきた建築の人がそのために自殺する事件さえあった。用意してきた設計や工事書類を次々に審査して、本社の納得の行くまで改めさせられる。一週間の期間内に何回も徹夜しなければならないことさえある。しかしこの制度は、国鉄の技術力を育て継承するために非常に役立った。

秋から暮れに掛け、アメリカ、フランス、ドイツ留学経験者を次々に盛岡に呼び、新技術講習会を開きながら留学の様子を聞き、僕の留学先をフランスと決める。

１９５９年始め補佐に昇格し、横黒線を担当することになる。

東北線災害復旧

日本シリーズ

○　横黒線

湯田ダム湛水のため水没する横黒線付け替え工事は、規模23億円。一工事局の年間予算が5億程度だった当時にあっては、全国有数の大プロジェクトである。

技術的にも大きな橋や、水没法面など難問が多く、この仕事に責任を持つ僕は幸せだった。

僕はこの機会を生かし、戦後土木界の集約をしようと考え、新技術を全面的に採用する。療養中に学んだことでやってみたいことが、いっぱいあった。

水没構造物、とくに法面の耐震設計。わが国が未経験の大規模コンクリート橋梁。プレストレスコンクリートの本格採用、等々である。

監督要員不足を補うため、自動計器などを利用しての現場管理。業者を信頼しての責任施工などのシステムを作り上げ、従来の標準示方書を抜本的に見直し、工事予定価格算定における一般管理費も増額する。

この方式は「横黒線方式」と呼ばれ、全国鉄に波紋を投げ掛ける。今で言えば発注者責任の問題である。伝統を重んじる建設線課と、新進の線増課との間で激論が闘わされ、結局は今後の国鉄の一般方針としないとの条件で、横黒線に限り試行することになる。

水没後の安全度は、水没前と同じとすることを原則と考えた。その結果、地震時の動的挙動において、いくつもの難問を残した。

留学から帰り、研究所や構造物設計事務所にいた小寺、野口、松本など優秀な頭脳は、全面的に協力してくれた。

１９５９年２月、横黒線の計画が進みつつあるさなか、突然次長から呼ばれ経済企画庁転勤の話があった。「もし行きたくないならば、君が直接本社に行って話をつけろ」と言うことなので、その晩の夜行に飛び乗る。

この話は首尾良く断ることはできたが、天野先輩が代役を果たすことになり、しこりが残った。しかし後日天野先輩は経済企画庁で東京遷都論を発表され、無事京大に戻られてホッとする。

それから数カ月がかりで約１００人を集め現場体制を作り、工事事務所の下に三つの工事区を設け、６月に赴任する。工事事務所は全国で三つ目であったが、所長は病み上がりで、実質僕が指揮を執ることになる。

北上地区から高卒の臨時雇用員を採用したがたいへんな人気で、この時採用された優秀な人々がその後東北新幹線の主力となった。また本社採用学士として杉田、山本強、宮口なども集まり、横黒線以後の活躍は目覚ましい。

この現場も山奥で、別居である。僕は新築の寮の玄関脇の三畳に一人住み、リンガフォン相手にみっちりフランス語の独学をする。

二十代での留学は、田子倉線で構想した人生計画の第一段階だった。

余程若く輝いていたのだろう。となりの小学校の校長先生から「風の又三郎」のあだ名を貰う。

第五章　東海道新幹線基本設計フランス留学

○　東海道新幹線

雪深き大荒沢で単身の冬を送り、１９６０年春新幹線総局への転勤話があった。この話は一年前からあり、横黒線の目鼻も付いてきていたので、喜んで応じた。

東海道新幹線は世銀からの借款見込みがはっきりして、いよいよ着工準備が本格化し、その春実施部隊を集め総局が発足の運びとなった次第である。

僕は計画審議室補佐兼建設局計画課補佐に任命され、建設基準を担当する。

当時の鉄道は、世界の最高営業速度がフランスの「ル・ミストラル」の時速１６０キロ。それも特定区間だけ、一日一本である。だから常時全線２５０キロの鉄道は人類未経験であり、全て原点に戻っての思考が必要とされた。

それだけに、新幹線の仕事は皆の憧れであり、その中でも建設基準は大本の仕事なので、やり甲斐を感じざるを得ない。

総局は、あらゆる専門家が壁を無くして知恵を出し合おうと、本社八階の大食堂を仕切のない大部屋に使った。そのお陰で僕はたくさんの専門家と本音で話し合い、仲良くなることができる。この経験は、長い鉄道人生でもとくに貴重な宝物となった。

当時、果たして時速２５０キロ常時運転が可能かどうかについて確信を持っている人はおらず、台車の蛇行動、パンタグラフの離線、軌道破壊等々、未解決の問題がいっぱい残されていた。

建設基準を造るに当たっては、各系統の利害得損が交錯する。未経験なので推量が多く、つい激論になりやすい。僕は各系統の悩みや主張をよく理解しながら、公平中立かつ合理的な案を提示しつつ、調停を重ねる。もちろん正解は誰にも判らないが、皆がそれなりに納得することが大切なのだ。

早く基準を固めないと用地買収や構造物の設計に取りかかれないので、第一線の工事局から矢のように質問や催促が来る。

１９６４年10月、東京オリンピックまでに造り上げなければならない。残った時間は僅か四年間。用地買収は遅々として進まず、一日々々その時間が減って行く。

皆口にこそ出さないが、オリンピックに間に合わないのでは無かろうかとの危惧を少なからず持っていた。僕自身も、間に合わない確率は50％以上と考えていた。

一方僕は留学準備のため、フランス語を進めていた。仕事のため遅刻や欠席の多いのはやむを得なかったが、毎晩アテネフランセそして日仏学院に通う。

○　始めて外国を見る

首尾よく難関を突破し、家族を残して、勇躍始めての海外旅行に旅立ったのは、１９６１年６月であった。

その旅行の主題は、ヨーロッパ人のものの見方、考え方を知ることにあった。

フランスに来てみて、徐々に気がついたのは、この国の置かれた日本と全く異なる国際環境だった。そのためだろう。国民は視野が広く、しっかりした自己を持っている。

その反面、多くの敵に囲まれている緊張感は、日本の比ではない。その緊張が文化の刺激になっている。

自然環境にも恵まれている。平野は豊かに広く、気候は温和で、地震や洪水などの災害が少ない。もし大和民族がこの地に生きたならば、もっと優れた国造りが可能なのではなかろうかとも思った。より勤勉で、より聡明な面があるからだ。

自国から離れると今まで見えなかった自国が見えてくる。

滞在予定は一年間。四季を経験し、その間に可能な限り欧州全土に足を伸ばしたいと考えた。途中訪欧の旅に来られた十河総裁は「せっかくの機会だから二三年いたらどうか」と言われた。あるいは、フランス政府の女性担当官とも共感が芽生えるようになり、もう一年伸ばしてはどうかと勧めてくれたが、僕は家族のことや日本の仕事が気になり帰る。むしろもう一回家族連れでやってきたいと考えた。子供を学齢期の内にこの地で育てたいという夢も持つようになった。

暮らせば暮らすほどにフランスが好きになった。僕だけではなく、この国に住む外国人が殆どこの国のファンになってしまう。この魅力は何なのだろう。

○　新幹線の現場に出る

一年空けただけだが、新幹線の工事は予想以上に捗っていた。そして僕に廻ってきた仕事は、地元の反対のため東京大阪間で一番遅れている現場である。

東幹工は以前に在職した新橋工事局が主力なのでわだかまりを感じたが、同時に赴任する上司高橋さんの「俺と一緒に来い」の一言で決心した。

当初の担当は多摩川から菊名まで。川崎市議会が地下鉄通過を決議しており、神奈川県までもが設計協議に応じてくれていない。もちろん用地は手つかずである。

開業予定が１９６４年10月だから、試運転を考えれば４月までには線路が必要である。残された期間は一年半。常識的に考えれば、殆ど不可能に近かった。

それから一年間は、夢中で全力投球した。

川崎のボスと命懸けの酒を飲んだり、大倉山トンネル落盤11名生き埋め（５名死亡）事件を受けて三ヶ月毎週東神奈川署に出頭したり、会計検査に三回連続引っかかったり、前にも後にも経験したことのない出来事がたくさんあって、苦しいままに充実していた。

翌年僕の担当は神奈川県全県下に拡大して、上司が二人、お二人とも部下は僕一人という珍しい体制となる。

実験線を跨ぎ、時速250キロ徐行無しでの葛川橋架け替え工事。(プレスの目を逃れることが至上命題だった)。1964年4月には全線レール締結完了の儀式が行われた。東京大阪間が結ばれたということだったが、葛川ではレール断線中だった。これが見つかれば週刊誌の特ダネに間違いなかった。

当初1700億円だった工事費が3800億円にまで増え、その責任が厳しく追及されていたので、(大石総局長の汚職疑惑に発展)世間の目を避けることが至上命令だった。

泉越トンネル横坑脇の蜜柑補償。全線の法面防護工事等々。残された仕事はたくさんあったが、片や新幹線開通後の組織問題も大切である。

1963年秋から、東幹工を東京第二工事局として存続する話が始まる。志免炭坑や静岡幹線工事局の配転者を受け入れ、電気や軌道の技術者を新幹線の保守部門に送り出し、700人程度の組織にまとめる。

僕は筆頭課長として(他に課長がいなかった)、新幹線の仕上げだけでなく、組織や人事、そしてこれからの東二工の仕事まで引き受ける。

今振り返ると、二年間の東幹工時代は、五年分も六年分も働いたように感じる。

それまでの僕には、ほぼ四年ごとに充実時代があった。９才小学校四年生。13才中学校二年生。17才高校二年生。22才社会人一年生。27才横黒線時代。30才欧州生活。33才東幹工時代。

○　国鉄第三次投資計画

１９６４年6月、東海道新幹線工事や新設東二工の体制がほぼ固まり、本社建設局計画課に転勤する。国鉄は新幹線を終えて、その年から第三次長期投資計画（七ヶ年）を始めており、年間投資規模は新幹線時代を大幅に超えるものだった。

そもそも日本の鉄道は国が貧しい時代に造ったものだから、開闢以来現在に至るまで慢性的な投資不足にあり、この点が欧米とは根本的に違う所なのだが、１９６０年代からの日本の経済発展に足かせにならぬよう、最低限のパッチ当てをして置かねばならなかった。

7年間で3．5兆円と言う、日本の公共投資全体から見ればささやかなものだったが、それが鉄道利用者で負担さるべきとの基本原則から出発しているので、後の国鉄行き詰まりの元凶にされることになる。

モータリゼーションの時代では、鉄道は独立採算よりもある程度の社会が負担をした方が、結局社会として得である。このことは、欧州では１９６０年当時判りつつあったが、日本では２０００年になってようやく気付き始めている。

さて、僕の仕事は計画の具体化、すなわち予算配分と施工体制づくりである。

当時の国鉄は、プロジェクトごとの工事内容や着工意志は、各局代表総括で構成される設備投資会議で実質的に議論し決定され、僕はその議長役をやった。形式的に理事会を通すだけだから、驚くべき権限委譲である。（翌１９６５年から局長会議が意志決定機関となる）。

当時の僕は34才。他のメンバーも大体その年齢に近いから、国鉄の将来に大きく関わる大切な意志決定は、このような若さから行われたのである。責任は重く、大変な勉強になったが、今から思えば未熟も多かった。

施工体制は工事量の将来見通しから工事局の配置や、各地域に必要な採用人員と同時に、次長や課長などのポスト数も決める。ただし要員やポスト増の最終権限は職員局や秘書課なので、彼らと共通認識を作り、了解を得ることが仕事である。

１９４９年以来人員削減の波を受けて国鉄の新規採用はゼロであり、その状況の中での増員は、国鉄全体から見てかなりの思い切った措置だった。

並んで宿舎や寮の新設も厚生局と経理局の了解が要る。これも全国的に非常に不足しているので、一筋縄で行かない。

伝統的に根付いた施工業者からのたかり体質を改めるべく、用地交際費を新設し、局長交際費を一挙に3倍とする。これも経理局的統制体質から見れば革命的な出来事だった。

経理局はじめ他局の局長、課長、総括から信頼され、局間のややこしい問題は僕に集中されるようになり、多忙さの中生き甲斐には充分に恵まれる。

この仕事を通じて、国鉄各部門の機能や志向が掴めるようになり、同時に社会における国鉄の存在理由を始めて主要テーマとして考えるようになる。

○　花の線増課

１９６６年春、建設局計画課から、隣の線増課に移る。

複線化、複々線化は第三次長期計画の基本であり、建設局だけで言えば全工事費の三分の二が使われ、線増課は伝統は浅いが国鉄の花形と言われていた。

線増課で最初に気付いたことは、国鉄土木に発展に向けての司令塔がないことである。誰にも責任を負わせていないので戦略も戦術もはっきりしていない。

明治以来、日本の土木技術は国鉄がリードしてきた。国鉄の土木技術は、日本の社会づくりの技術なのだ。

それで線増課が、今後の国の土木技術のあり方を考える責任を取るべきと考えた。

今後の社会づくりに向け、基礎技術の開発にも着手した。例えば、これからはトンネルの時代と考え、万能強力高速掘進機の開発である。外国の既製品に甘んじず、日本が世界をリードしたいと考える。技師長室に1億2千万円の試作費を要求したら、桁が違っているのではないかと驚かれる。

とにかく性能仕様を決め、コンペを実施した。その試作機が完成し、大阪まで出掛けた帰途、母の訃報に接する。

その後日本の掘進機が発達し、世界一として英仏海峡など世界に活躍した基盤はその時築かれ始めたと考える。

鉄道網強化投資の社会経済効果もはっきりさせるべきと考えた。タイミング良く京大天野先生からの提案もあり、２千万円の研究費を申請する。これもソフト開発として国鉄有史以来最大額と言われ、一桁違っていると言われた。

しかし一番の問題は、こんな低性能の鉄道に金を掛けて良いかどうかの疑問だった。この点経済企画庁の出向から戻り僕の配下に入った久保村と意見が一致し、課長には無断で全国新幹線網構想実現作戦を固めた。相談したら反対されるに決まっていると思ったからだ。

先ず導火線に北陸新幹線を選び、全国知事会で富山県知事に発表して貰った。その反響は予想以上で、早速線増課で勉強しろとの指示が降り、二週間で基本設計を出したら、その早さに局長がビックリした。指示される前に出来ていたとは言えなかった。

その時の北陸新幹線は、東海道新幹線のバイパスであり、新宿新大阪間３時間28分。東京大阪間旅客の半分が利用する計画だった。

１９６７年春から、パリ事務所次長ポストをねらった。１９６８年交替予定の寺戸さんのあとである。パリ事務所は所長と次長二名の体制で、内技術系が一人である。寺戸さんが工作系なので、次ぎに施設系が選ばれる可能性は大きかった。

僕は１９６１―６２年独り欧州生活を経験したが、文化をより深く理解するには家族連れの滞在が必要であり、子供を10歳前後で外国経験させたいとも考えていた。毎日の朝食で子供に少しずつフランス語を教え、僕のパリ希望を周辺に伝えた。

第六章　外から見た国鉄

○　パリ生活の始まり

１９６７年秋めでたくパリ行きが内定し、僕は外務省研修所に入れて貰った。この研修は、外務省以外から赴任する外交官を対象に、外交官としての素養を付けるのが目的で、６ヶ月間毎日朝から晩まで。日本を代表する企業訪問や研修旅行までついて充実した内容である。

茶道は千宗佑、華道では安達瞳子、経済では‥と一流の講師を揃え、日本の文化経済について認識を改めると共に、外国語のブラッシュアップをやる。

同期のフランス語は４人、出身は大蔵、通産、ＯＴＣＡ。

子供は１９６８年始めから東京フランス人学校に入れる。この一年間に5年生の娘と2年生の息子は、それぞれ４つの学校と４つの学年を経験する。

その頃日本は万年ゲル欠で物価安。三年分の衣料を買い、三越で油揚げの缶詰50缶を始め日本食糧を仕入れ（パリに来る日本人客用）、子供用に玉川百科事典を始め日本語の本を箱数個買い込み、山ほどの引越荷物を送る。

パリは五月革命だったが6区の月極マンションに落ち着き、子供を近くの公立小学校に入れる。娘は準備クラス、息子は二年生。男女別学である。しかし間もなく五月革命が始まって、一学期一杯は休校だ。

五月革命は、カルチエ・ラタンを中心とする市街戦だった。パリ出入りのあらゆる交通機関は止まり、パリは封鎖される。米が無くなり、ガソリンが無くなり、経済活動が殆ど止まった後ようやく収まった。

7月始めのウィーン鉄道会議。この四年に一度の機会の冒頭基調講演を指名されたことは、僕にとってオリンピック金メダルに匹敵する幸運だった。僕は秘書の吹き込んでくれたテープを基に、ドゴール口調を真似して、フランス語でゆっくり区切りをつけながら話すことにする。

この会議は、20世紀後半から21紀にかけての高速鉄道時代到来のきっかけとなったもので、その舞台において唯一の実績を持つ東海道新幹線は、主役だった。

その意味からして、僕の「東海道新幹線の必要性と成果」は、20世紀の鉄道史に残るものだ。

僕の大好きな世界鉄道の新王・ルイ・アルマンが、ブラボーと両手でガッツポーズをした気持ちは、今になってよく理解できる。

○　パリの仕事

パリ事務所は、ニューヨーク事務所と並び、日本国鉄が世界との接点を求めての情報基地である。担当範囲は欧州、アフリカ、中近東。

僕の役割は技術であったが、自主研究課題として鉄道政策、都市計画、都市交通の三つを挙げ、大使館を含む日本人社会に伝える。欧州にやってくるこれら問題の関係者達を、一日引き受けるという宣言である。

これは接遇に四苦八苦している人たちに受け、瞬く間に人気となった。僕に頼めば、フランスの専門家を探して会って貰うべく頭を下げずに済み、接遇費も節約できる。時間と金が節約できるからである。

当時は外国旅行に割引運賃がなく、欧州訪問の日本人は国会議員、大学教授、評論家、高級役人など、選ばれたオピニオンリーダー達であった。彼らに真実の情報を与え、日本における間違った外国理解を正したいと考えていた。

彼らと会うときには、必ずテーマに合ったレポートを用意する。どうぞご利用下さいと著作権を譲ったので、日本の新聞や雑誌に彼らの名前で僕のレポートが発表されることが少なくなかった。

日本からの客は多く、週末にはしばしば三つのグループが重なり、我が家に招待した客の数は月間最大52名に達した。


ここに来る人は皆が本音で話すものだから、東京にいるより問題の背景や裏面を知り、物事の本質をより深く広く理解できる。情報も早い。

今まで知らなかった国鉄の裏面や問題点を聞いている内に、日本に帰って取り組むテーマを「国鉄改革」と考えるようになる。


対外折衝の場にも立った。

ＯＥＣＤ技術開発委員会を始めとする各種国際委員会は、外交や国際問題を考える機会であり、国際感覚理解の上で進んだ経験の場になった。

自分を相手にどう理解させるか。相手をどう理解するか。お互いの共感を如何に高めるか。外務大臣名の指示を受け、実行のためいろいろ工夫した。

欧州から僕に求められたものは、鉄道技術において日本の進んだ部分についての情報である。

欧州各鉄道以外からも、要請があった。

世界一の伝統を誇るロンドン鉄道クラブから招待を受ける。これは鉄道マンにとってたいへんな名誉らしい。18時の食事に始まり、24時まで「今日はＳＬから近代鉄道へ脱皮の歴史的な日である」と言うことで六時間の講演と質疑応答の独演。彼らは技術に留まらずそれが生まれた日本という文化風土に興味があるらしい。

トリノの万国鉄道博では、日本における郊外電車と地下鉄相互乗り入れ問題を話す。公共機関のシームレス化は当時日本が世界をリードしていたが、その後30年ソフトハードとも遅れてしまった。

１９７０年東京世界鉄道首脳会議、同年ワシントンＯＥＣＤトンネル会議にも、開催準備や運営に関わる。

○ 本四架橋と青函トンネル

１９７１年始め、帰国後最初の仕事は新線担当調査役だった。

１９６５年、鉄道建設公団や本四公団が設立され、鉄道建設の仕事がこれらに移った後、建設後の運営責任を持つ国鉄の窓口として設けられたポストである。

地方新線建設は政治家の腕の発揮しどころである。しかし新たに赤字線を引き受ける国鉄は、協議に返答しないで抵抗を見せていた。地元にとって悪者は国鉄となる。その政治的プレッシャーを朝晩一手に引き受ける役割である。

選挙や予算要求となれば、地元から大挙して陳情団がやってきて、先生を先頭に立てながら僕を責める。

赤字の国鉄は一方では閉鎖予定線区を抱えながら、それ以上に業績の悪い新線開業を進めることはできない。公共性と企業性の矛盾を、一番明快に際立たせている側面である。下手をすれば地元と国鉄内部の双方を敵に回しかねない。

大きな懸案も抱えていた。青函トンネルと本四架橋の大臣認可申請である。この二大国家プロジェクトに対しても国鉄部内では反対論が強く、協議に返答できない。結局問題点を一つずつ掘り下げるしかなく、委員会を設けて根気強く反対を説得しながら、翌1973年ようやく協議をまとめる。首都環状線である武蔵野線も、公団建設による始めての大規模開業であり、引継に膨大なエネルギーを費やした。

その間生産性運動は挫折し、現場第一線は常識では考えられない混乱の極に達する。僕はパリで考えたとおり、国鉄を救うために先ずその第一線の経験を踏むべく、東京南局施設部長を志した。

課長クラスの調査役が部長になるのは格下げ人事で、前例がない。建設局は僕を線増課長にしたい考えだ。もし僕が断るならば異例の年次逆転人事が発生する。しかし僕は志を遂げたいと、無理を通した。

○　混乱の現場経験

赴任直後は「部長は素人だから」との声が聞こえてきた。しかし保守現場はおろか、管理局勤務さえ初めてという僕には毎日がフレッシュそのものであり、今までの慣習に疑問を持つ点が多く、そこに自らの存在理由を発見する。

例えば、毎年軌道保守業者の社長が同じ陳情を持ってくる。曰く金が足らない。用地を貸して貰えない云々。僕は彼らに意識改革を求めた。

「皆さんは自分の仕事を自ら卑下せずに、社会のために最も重要な役割と考えて欲しい。ならば社員一同が誇りが持てるよう、もっと自分たちの給料を上げ、立派な社屋も造って欲しい。その結果が赤字ならば、僕は責任をもってリカバーする」


生産性運動の結果組合が分裂し憎み合っていて、毎日の職場で詰まらぬ喧嘩が絶えない。朝礼で助役が殴られて入院する。驚くと「殴られたのは八回目ですよ」という始末だ。

僕は、管理職に夢と希望を持たせることで自信を回復させ、組合からは信頼を得、お互いに線路を守るという一つの目的に向かって心を合わせるように工夫した。

そのためにやったことは情報を公開し、秘密をなくすることである。僕の考えも率直に述べることとした。

「施設部のあり方について」を公表し、善悪のけじめをはっきりさせる。組合からは反論どころか、むしろプラスに評価してくれた。

この文章はスト対策中、横浜のホテルで書いた。年輩の局係長を土間に寝かせながら僕だけ立派なベッドで悪いと思いつつも、それ以上の成果を挙げて許して貰おうと考えた。

ホテルに泊まったお陰で、国労地方本部を通じて、全国の動きが情報として入る。この情報は本社の作戦に役立ち、貴重なものだった。

管理職には自分の職場の設備改善三年計画を造らせ、公開する。管理者互助会を作り、くじ引きで海外旅行を企画する。当時理由に関わらず、海外旅行は総裁権限だった。この互助会は全国一万人に普及し、後日保線ノーベル賞へと展開した。

東京クラブを結成し、毎日曜オリエンテーリング大会を開き、職場スポーツを奨励する。しかしこれは彼らの貴重な休養を奪い、行き過ぎであったと反省する。

第七章　外から見た日本

○　ザイール赴任前夜

（ザイール共和国はコンゴ民主共和国に改名されている）

１９７４年になり、しばしばザイール派遣者の悪い噂を耳にするようになった。日本とザイール双方から信頼されていない様子だ。内輪もめが烈しく、各人がバラバラに異なった情報を知らせてくるので、日本の対応に乱れがある。日本国内の責任体制も乱れ、責任のなすり合いが始まっている。

「こうなると君が後始末の最有力者だから、注意しろ。行かなくて済むように先手を打つべきだ。可能性の高い連中は逃げの手を打っているではないか」

僕を心配する先輩や後輩がしきりに心配してくれる。家内にもその話が伝わり、家内まで心配する。

僕も出来ることならば逃げたかった。ザイールでの生活が嫌なだけでなく、国鉄立て直し問題に比べれば、この問題がはるかに側線のように見えた。おまけにプロジェクト自体が胡散臭い。齢40を過ぎ、この二三年は人生を決める重要な通過点のように思える。この重要な時期に側線に入りたくない。そのように思った。

今反省すれば、ザイールでの経験は僕の人生にとり極めて重大だった。当時それが読み切れなかったのだ。

しかし不器用だった僕は、逃げ切れなかった。部長同士の送別会では、悔しくて臆面もなく泣いた。だが部下達の送別会では、この数年頑なに同席を拒んでいた二つの労働組合の幹部が揃って出席し、あなたを支持すると励ましてくれ、勇気がこんこんと湧くのを覚えた。

僕は頭を切り替えようとした。

国全体から、あるいは全世界から見て、国際協力問題は国鉄再建問題以上の重要課題かも知れない。しかもどうやれば効果的なのかが充分に分かっておらず、情熱を傾ける人も余りいない。この課題を神様が僕に与えてくれたのかも知れない。これは恵まれたチャンスなのだ。自分の人生を賭けて全力投球しよう。

○　ザイール赴任の準備

11月1日発令で、出発まで三ヶ月足らずの忙しさ。ザイール赴任の準備は、先ず国内体制の整備から始めた。プロジェクト遂行組織を固めることである。

当時バラバラだった国の意志決定機関として9省庁機関連合会議を設け、その上に与党ザイール委員会を作り、各機関ごとに責任者を選定する。

次ぎにプロジェクト目的と方向をはっきりさせ、僕の責任、義務、権限を明確化にする。国として協力範囲をどこまで拡大してよいのか。その場合僕の独断でどこまでできるのか、それを越えて変更する場合の責任窓口は誰か。

混乱を防ごうと、あらゆる情報の発信受信責任を明確にし、伝達範囲と伝達責任を確定する。また内容において客観的情報と主観的情報の明快な区別。

民間のエネルギーを高めるために、商社や関係業者によるザイール研究会の発足。民間と政府を同調させ、将来より高いレベルの国際協力をねらったザイール友好協会。その会長に前外務大臣木村氏の出馬を頼んだ。国民レベルの関心を高めるためのザイール協会。

士気向上に向け、派遣者のあるべき姿をはっきりさせ、抜本的待遇改善を行う。僕の場合団長手当と公舎の家賃をそれぞれ前任者の3倍に。また国のルールに反し僕の独断で、年一ヶ月の休暇を作った。士気向上といえば、何より大切なのは毎日の生き甲斐である。

プロジェクトそのものは余り生き甲斐と感じなかった。将来は重要な投資であるが、現在の彼らの社会にとってGNP5%を費やす対象ではない。

より重要なのは、長期の視野に立って彼らの生活を豊かにすることだ。外交戦略的に考えれば、彼らの少しでも多くを日本理解者に育てることである。

そこで考えたのは、彼ら市民に対する我々の姿勢だった。市民との接触、そして市民生活に向けて活動範囲の展開、これこそ生き甲斐を生む種になる可能性を秘めている。

体育協会のバックアップを取り付け、ソフトテニスのアフリカ普及をテーマに掲げる。

国際理解の始まりは相手を理解し尊重すること。次いで我々を理解させ、尊重させること。最後に双方の文化を掛け合わせて、共感の基に新たな文化を創造することと考えた。

最後に資金の準備と、身の回りの整理である。

任期中に万が一のことがあってもよいように家を建て、死亡保険を充実させ、２千万円程度の活動資金を自らのリスクで生み出す。その資金の一部でテニス用具を買い、派遣者家族を含め50人に対し三週間の食糧ストックを確保する。

ザイール自体いつ内戦が始まってもおかしくない情勢であり、隣国アンゴラの内戦はすでに国境を越えてやってきている。この平和な時代で、死を間近に感じられるのは恵まれた機会かも知れないと割り切る。

○　ザイールにて

出発準備に追われていて、相手から僕の受け入れ承諾が来ていないことに気付いたのは出発の直前だった。しかし僕以外は気付いておらず、ここまで来て流れを止めない方がよいと考えた。調査団の経験から、いつまで待っても来ない可能性もあり得ないことではない。

ザイールでは相手に見つからぬようひっそり入国し、ホテルに身を隠した。

大使に挨拶に行ったら、前任者のＯＥＢＫ局長ポストではなく、鉄道のプロジェクトマネージャーとしてならば受け入れるとの、ザイール外務大臣名の公文が来ていた。日本に知らせたらややこしくなるので、私が握っていたとのことだ。

元来このポストは、商社の希望で受注を渋る日本企業に工事を取らせるため、発注権限を日本人が握ろうとして苦労の上新組織を作り、他国の候補を退けてようやく日本人を送り込んだ経緯がある。

恐らく部下のフランス人の反日本人圧力に押され、思いつきでやっているのだろう。今プロジェクトマネージャーと言われても、ＯＥＢＫ局長との絡みがはっきりせず、工事の指名権について不透明だ。

そこで僕は勝手に出勤し「局長代理」の肩書で公文書を運輸大臣宛提出し、意義が出るまでそのまま仕事を進めようとした。

僕の場合、在任期間を通じ、大臣に会うときは、必ず要件のレジメを公文に書き、説明と共に手渡すことにした。公文書にはコピーの配布先を明示し、配下の責任部局にも配り、文書が埋没しないよう工夫した。

返答が欲しいときには、事前に相手名僕宛の文書を作って持参する。

最初の大臣宛の手紙は、僕の着任までの経緯で「うまくポストにつけないならば両国の信頼関係ひいてはプロジェクトに翳りが生まれ、ザイール政府の一員として国益に反することを懸念する」と書いた。三ヶ月ほどでＯＥＢＫ鉄道局長という肩書ができ、一件落着するが、経費が港湾のフランス部隊に振り込まれ、給料の支払いに困った。僕の引継時の予算残高は千円しかなかったからだ。

二年の滞在期間中、石油ショックによる経済破綻、戦争、熱病など平和日本では経験できない貴重な体験に恵まれたが、皆無事健康で任期を果たした。

日本の信頼は回復し、両国間の距離は接近した。

ソフトテニスによる市民外交は、毎週新聞やテレビに日本が報道されるまで予期通り成功し、充実した時間を過ごすことが出来た。

ただ日本ではテニスの報道が盛んになるに連れ、遊んでいるのではないかとの誹謗が生まれた。その価値を本当に認めてくれたのは、江藤先生だけだったが、その先生が急病に倒れられたときのショックは大きかった。

滞在中、判断基準を三つ設けた。第一に命に関係するか否か。第二に相手国のために役立つかどうか。第三に日本に役立つかどうか。

それにすっかり慣れて、帰国後はザイールボケが続く。要するに日本ではどうでも良いことばかりなのである。

滞在中の充実した緊張の連続は、帰国後も永く心の火照りとして残り、今なお何にも代え難い宝物である。

○ 日本に帰る

帰国後の僕は、日本人に伝えたいことが胸いっぱいあった。それを二年がかりで１９８０年に出版し、１９８５年土木学会著作賞を貰った。実はこの原稿はザイールでほぼ書き上げていたのだが、帰国のどさくさで紛失し、書き直すことになった次第である。

帰国後僕は管理局勤務を希望した。国鉄立て直しの課題を続けようと思ったからだ。しかし残念ながら工事局長ポストしかなかった。

大阪では、国鉄に対する西日本の総合窓口になろうと考えた。工事局の管轄範囲は16府県にまたがり広かった。

マンモス化した国鉄は外部社会から見れば閉ざされていて、部内外や部内間相互の情報がうまく伝達されず、意志の疎通が欠けており、「国鉄不信感」を醸し出す原因だった。

中でも京阪神の三府県知事、及び三指定都市市長とは、それぞれホットラインを設けた。事務レベルをショートカットし、本音の交換が出来るチャンネルである。また部内は大鉄、天鉄、大電工の四局長会議を設定した。

地方建設局長と電電公社理事がフランス留学生であり、月一度定期会合を持った。

国鉄記者クラブである青鞜クラブにも出入りして、毎月一度の昼食会に招き、時々縄のれんに誘った。広報部からは白眼視されたが、記者連中からは歓迎され、記事の量は倍増し3年間80本に及ぶ。質は高まった。

国鉄には記者嫌いが多かったが、マスコミは我々と市民を結ぶ重要な情報チャンネルである。我々について正しい報道をするためには、平素から良く理解して貰い、ニュースが発生したときその背景を熟知して記事を書いて欲しいと考えてのことである。

二年目の半ばから、ちらほら転勤話が来た。外務部長、東三工局長、世銀等々である。いずれも打診程度で命令ではないので断った。

僕は国鉄の立て直しを強く意識しており、ザイール出発時の組合との信義問題もある。だから管理局長をワンポスト経験し、職員局長をイメージしていた。しかしこんな異例人事は、余程のことでないと不可能だろう。

三年目の終わり頃、世銀出向の話を断ったとき、辞めてもよろしいとなった。そこでタイミング良く話のあった中央復建コンサルタンツに行くことに決める。

僕の人生計画は40才代での民間への転勤だったが、ほぼその通りになったわけである。

第八章　コンサルタンツ

○　ＣＦＫ（中央復建コンサルタンツ）入社

社長になるまで時間の余裕があるので、国鉄時代にやり残した仕事をフォローした。一番大きいのは、国鉄民営分割である。

当時民営分割に対しては、労使とも殆どが反対であった。民営が決まった年の正月でさえ、ＯＢ会では民営絶対反対の決議があったほどである。その間にあって僕は、民営化の段階を経ずして、国鉄の混乱は救えないと考えていた。

しかし実際に行動するとなると非常に難しい。下手をすると社員に迷惑を及ぼしかねないので、信頼できる人へ働きかけた。

社会に対して、鉄道の正しい評価を回復することも重要な課題であった。当時マスコミでは鉄道を悪者にする風潮が流行し、このまま放置すれば社会全体の不幸になると懸念したわけだ。

本社に行って、「鉄道の良さを理論化し、評論家から第三者の見方として発表して貰ったらどうか」と献策した。これは三菱総研を使って実行された。


鉄道投資と道路投資のアンバランスを直そうともした。それには建設省に鉄道投資を任せるのが一番と、建設運輸両省と道路公団の実力者を集めて懇談会を開いた。

LRTの魅力も社会に知らせたいと、テキストを作って全国行脚した。当時世界の事情は、僕が一番知っていた。それから20年経った今、ようやく注目されつつあるのは、感慨無量である。

北陸新幹線の小浜経由修正にも取り組んだ。僕が欧州滞在中、政治圧力で元々の比良縦断ルートが小浜経由になってしまっており、北陸新幹線の足かせとなっている。

北陸三県の知事を次々に訪問し、説得を試みたが、うまく行かなかった。福井県知事は小浜出身のため、聞く耳を持たず、他県の知事にも遠慮がある。知事が替わればと根気強く待ったが、まだうまく行っていない。

金沢では、ライオンズクラブの卓話など一般社会の関心喚起も試みたが、根本の問題は、新幹線に対する熱意不足にあると見る。

別途近畿圏高速鉄道網の研究も進めた。30分以上の通勤客を座ったまま輸送しようと、３兆円規模の鉄道投資をしようとしたものだ。具体的には、二階建て車両や編成長増大と共に、放射線を５～６線建設しようとする。

○　コンサルタンツ二十年

ＣＦＫに入社して間もなく20年になる。

その間社会要請の変化と、コンサルタントの経験技術の向上を意識しながら、コンサルタントの進むべき道を探ってきた。

明治以来わが国は、官僚が社会創造技術を背負ってきた。しかし今までの方式には限界が見えているように思える。官僚には競争原理が働きにくいばかりでなく、技術が発展するに従い専門化が進み、スペシャリストが求められるようになると、その要請に官僚が応えることは至難と考える。

コンサルタントがその方向に発展する場合必要なのは、社会の将来を背負おうとする強い責任意識だろう。

現在のコンサルタントは、発展過程にある。今からの発展の過程では、厳しい競争が必然的に生まれるだろうし、また生まれなければ特性が発揮できない。

将来を見越すとき、厳しさもあるがたくさんの明るい夢もある。

20年の間、コンサルタントの社会におけるリーダーシップを高めようと、土木学会や地盤工学会の支部長も務めさせて貰った。その間土木学会支部長時代に阪神淡路大地震を迎えたことは、将来忘れられないことだろう。

今やっている建設コンサルタンツ協会の支部長も、会員会社のリーダー役として、社会的に重要な役割である。その間本部理事、経営部会長、副会長を経験した。

毎年二回以上海外旅行という目標も続いている。新たな社会の息吹を、常に実感していることが、これからのコンサルタントに求められている。同じ目的で、週一回は梅田に出ることにしている。

発足以来不景気知らずの業界であったが、１９９０年代後半から雲行きが変わってきた。供給不足から、供給過剰に転じたわけだ。

この変化は競争を促し、コンサルタントの体質を引き締め、技術レベルやサービスレベルの向上に役立つであろう。その結果社会的なプラスは少なくないと見る。

第九章　人生の仕上期

○　社長を終える　１９９０―２０００

社長を引き受けてから8年、そろそろ仕上げをイメージした。

思えば入社以来ほぼ20年。受注・出来高はほぼ３倍、社員数は大差ないが、大卒が１／３から３／４へと社員の質は大きく変化した。

不景気時、社内の大勢は新採カットだったが、私は信念を貫いて、社員数のほぼ３％の毎年採用を維持した。

彼等は立派に育って社会の中堅たらんとしている。

私も社を背負う活動は70才くらいで後進に譲るべきと人生計画を画いている。

社長を辞めるに当っては、先輩株主に強烈な反対があった。

そこで区切りとしてなすべき事は何かと考え、社会に向けて会社を主張できる「新庁舎ビルの建設」

とした。

「新大阪駅」から徒歩5分。新幹線車窓から見える8階建の社屋建設に踏み切った。

○　21世紀の老齢社会哲学を求めて（2002〜2021）

70才の私に残された課題は、これからの老齢社会における「人生哲学」の再考だった。

そこで大切なことは幅広く、多様な老人と出会って「加齢とは何か」「加齢者に求められることは何か」を知ろうとした。

老人大学に一年通い、箕面市や豊中市の市民施設を基盤に、各種の集会を立ち上げる。

・フランス語でシャンソンを歌う会
・コントラクト・ブリッジ入門
・外国人を対象に日本の歌を歌う会
・人生を語り合う会　　　　等々

１９７７年大阪北ロータリークラブ入会、２０１６年吹田ロータリークラブへ移動。私の経験談を主題とした卓話や講演で、全国各地の学校や社会奉仕クラブの求めに応じて、月に一回話の会を開き20年程続く。

○　80才に旅の仕上げ　２０１０―２０１１

年２回毎回２週間海外旅行を続けたが、80才になってそろそろ打ち上げようと、４回とした。

１．ヨーロッパアルプス訪問ドライブ
２．イタリヤ中世文明訪問電車旅
３．中国長江２、５００㎞の船旅
４．東南アジヤめぐり

第十章　卒寿の想い

○　90才をかえりみて　１９３０―２０２１

90年歩んで来た人生を省みて
全体の課題は
「人類は発達しつつあるのか
　　　退化しつつあるのか」
だと思う。
たくさんのテーマに恵まれ幸せだった。
私の歩いた道は、普通の人生より数倍長い充実感を持っている。
支えて下さったたくさんの先輩・同僚・後輩。そして昭和、平成、令和の世界・宇宙に感謝する。

著者略歴

片瀬　貴文（かたせ・たかふみ）

主な経歴

１９３０　大阪府箕面村生まれ　金沢一中　四高　京大

１９５３　国鉄入社　静岡　福島　岩手と各地で実習

１９６０　本社に召集され東海道新幹線基本設計

神奈川県下の工事を担当

無事東京オリンピックに間に合わせ開業

１９６５　青函トンネル　本四架橋など全国鉄道綱改革に従事

１９６８　世界鉄道会議（ウィーン）冒頭基調講演「世界初高速鉄道の社会効果」

１９６９　ロンドン鉄道ファンクラブ招待講演「新幹線による輸送革命」

１９７５　ザイール（現コンゴ）民主共和国　国民路線建設公団総裁

１９７７　国鉄大阪工事局長

１９８１　中央復建コンサルタンツ入社

1993　社長
2002　退社
2005　フォーラムSA主宰

（その他の主な職歴）
土木学会　地盤工学会　建設コンサルタント協会　各関西支部長名誉 会員
大阪大学講師

（表彰など）
土木学会著作賞（第3回）
ザイール栄誉国民賞
工学博士　技術士
吹田ロータリークラブ会員

（著作・ブログ）
「新幹線の計画と設計」１９６８年　山海堂
「国鉄マンのキンシャサ日記」１９８１年　交通協力会　土木学会著作賞授賞　５２，０００部
「ヨーロッパの旅」１９９０年
「私の旅」２０００年　各私費出版
「おやじの歩いた地球」１９９６年　はるか書房
「１９６１年のパリだより」２０１９年　メディアランド
「ソフィーさんのトラベルページ」「片瀬貴文さんのトラベルページ」等ブログ
約１５０万字　訪客約３５０万人

国鉄技術者の路線図
人生は二度も三度も生きられる

2023年5月31日発行

著　者　片瀬貴文
発行者　向田翔一

発行所　株式会社22世紀アート
〒103-0007
東京都中央区日本橋浜町3-23-1-5F
電話　03-5941-9774
Email: info@22art.net　ホームページ：www.22art.net

発売元　株式会社日興企画
〒104-0032
東京都中央区八丁堀4-11-10 第2SSビル 6F
電話　03-6262-8127
Email: support@nikko-kikaku.com
ホームページ：https://nikko-kikaku.com/

印刷
製本　株式会社PUBFUN

ISBN：978-4-88877-213-6